JN075999

大切なことを教えてくれる
星の王子さまのことば

2023年12月4日　第1刷発行

原作・絵　サン=テグジュペリ
文　キャサリン・ウッズ
訳　中条あやみ
発行者　齊藤龍男
発行所　株式会社かんき出版
東京都千代田区麹町4-1-4 西脇ビル　〒102-0083
電話　営業部：03(3262)8011㈹　編集部：03(3262)8012㈹
FAX　03(3234)4421　振替 00100-2-62304
https://kanki-pub.co.jp/

乱丁・落丁本はお取り替えいたします。購入した書店名を明記して、小社へお送りください。ただし、古書店で購入された場合は、お取り替えできません。本書の一部・もしくは全部の無断転載・複製複写、デジタルデータ化、放送、データ配信などをすることは、法律で認められた場合を除いて、著作権の侵害となります。
©Ayami Nakajyo 2023 Printed in Dubai ISBN978-4-7612-7687-4 C0097

ブックデザイン　喜來詩織（エントツ）
DTP　野中賢／安田浩也（システムタンク）
編集協力　二見聡子
協力　粟野智也（株式会社テンカラット）

Originally published in English by Farshore,
now HarperCollinsPublishers Ltd under the title:
THE LITTLE PRINCE: WISDOM FROM BEYOND THE STARS
Text from the original translation of The Little Prince by Katherine Woods
Watercolour texture copyright © Shutterstock 2023
Translation © Ayami Nakajyo 2023
translated under licence from HarperCollinsPublishers Ltd
Printed at Oriental Press, Dubai

Japanese translation published by arrangement with Farshore,
an imprint of HarperCollins Publishers Limited through The English Agency (Japan) Ltd.

The Little Prince

大切なことを教えてくれる

星の王子さまのことば

ANTOINE DE SAINT-EXUPÉRY

訳 中条あやみ 原作・絵 サン=テグジュペリ 文 キャサリン・ウッズ

かんき出版

はじめに

アントワーヌ・ド・サン＝テグジュペリの『星の王子さま』は時代を超えて愛されてきた不朽の名作。やさしい語り口で愛、孤独、人間らしさとは何かを説いた物語は、世界じゅうの子どもたちやおとなたちのイマジネーションをかき立て、読み継がれてきました。

この名言集のベースとなるのは、1943年にフランス語の原書と同時に発売されたキャサリン・ウッズの英訳版(えいやくばん)。原書の世界観(かん)を詩情(しじょう)豊(ゆた)かに再現(さいげん)した翻訳(ほんやく)には根強いファンがいます。いつまでも色あせない珠玉(しゅぎょく)のことばに、サン=テグジュペリのオリジナルイラストを添(そ)えました。

子どもの心

むかし子どもだった
あなたに

おとなだってみんな
はじめは子どもだった
そのことを覚えている人は
ほとんどいないけど

大切なもの

王子さま　「ほんとうにほしいものが
わかってるのは子どもだけ
子どもはぼろきれになったお人形で
ずっと遊んでる
だから、お人形は大切なものになる
なくしてしまうと泣(な)いてしまうんだね」

鉄道員　「ラッキーだな、子どもってのは」

子どもの心

子どもは知っている

おとなは何もわかってないから
子どもはいつも
教えてあげなきゃいけない
めんどくさいなぁ

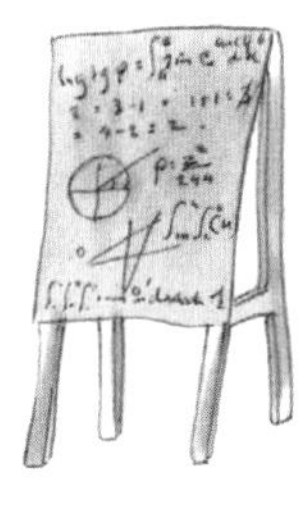

数字より大事なこと

おとなは数字が好(す)き
新しい友だちができたと話しても
肝心(かんじん)なことは何も聞かない
「その子はどんな声をしてる?」
「どんな遊びがいちばん好き?」
「蝶々(ちょうちょう)を集めてる?」
なんて聞いてこないんだ

愛

あとになって
わかること

あの花は　ぼくの星を
いい香(かお)りと輝(かがや)きで満(み)たしてくれた
ぼくは逃(に)げ出しちゃいけなかった……
小さなわがままの裏(うら)にある愛情(あいじょう)を
わかってあげるべきだった
花ってほんとうに気まぐれなんだもの！
愛し方がわからなかったんだ

心で見る

秘密を教えるね
とてもかんたんなこと
ものは、心で見るの
ほんとうに大切なことは
目に見えないんだよ

愛着（あいちゃく）

きみが時間をかけて世話（せわ）をしたから
かけがえのないバラになったんだ

気持ちを伝(つた)えるのはむずかしい

「そう、あなたのことが好(す)きなの」
と花は王子に言いました
「ぜんぜん気づかなかったでしょ?
わたしのせいね」

大事にする

絆(きずな)を結(むす)んだ相手には
いつまでも責任(せきにん)を持つんだよ

きらめくような思い出

麦畑を見れば
同じ黄金色（こがねいろ）の髪（かみ）のきみへと
連（つ）れ戻（もど）してくれるだろう
麦畑に吹（ふ）く風の歌声（うたごえ）も
好（す）きになってしまう

心のうるおい

あの笑い声が二度と聞けなくなるなんて
とても耐えられない
ぼくにとっては、砂漠をうるおす
泉みたいなものだから

地球

見方を変(か)えれば

地球から見たら人間というのは
とてもちっぽけな存在(そんざい)なんだ

頭でっかち

王子　「この星はほんとに美しいですね
海はありますか？」
地理学者　「わからん」
王子　「ええ〜じゃ、山はありますか？」
地理学者　「わからん」
王子　「じゃ、街や川や砂漠は？」
地理学者　「それもわからん」
王子　「地理学者なのに？」
地理学者　「そうじゃ。探検家じゃないからな」

自分の星を大切にしよう

朝、自分の身じたくがすんだら
星のお手入れもしてあげなきゃ
心を込めて

驚きの発見

「自分のような花は
この世にひとつしかない」
とあのバラは言っていたけど
同じようなバラが五千本も
咲いてるじゃないか
たったひとつの庭園に

宝物がかくれてる

砂漠が美しいのは
どこかに井戸を
かくしてるからだね

がまんすれば
たまにはいいことあるよ

毛虫の二、三匹(びき)くらい
がまんしていたら
蝶々(ちょうちょう)と仲良(なかよ)くなれるんだ

やすらぎと孤独(こどく)

ぼくはむかしから
砂漠(さばく)が好(す)きだった
砂丘(さきゅう)に腰(こし)をおろしていると
何も見えない
何も聞こえない
でも、静寂(せいじゃく)のなかで
何かがきらめいている
ドキドキする

さびしさ

わかってもらえない

ぼくは大変だったんだ
まじめに聞いてほしい

孤独(こどく)な旅人

なんて不思議(ふしぎ)なところなんだ
涙(なみだ)の国って

失(うしな)うこわさ

何かを愛(あい)し、愛されると
なんだか泣(な)きそうになる

一度くっついたら
ずっと離(はな)れないもの

悲しみがやわらいだら
(ときが経(た)てば、必(かなら)ずやわらぐよ)
出会えてよかったと思うはず
きみはいつまでも
大切な友だちだよ

思い出を大切に

忘(わす)れてしまうことは悲しいこと
誰(だれ)もが友だちに
恵(めぐ)まれるわけじゃないから

宇宙と星

空を見あげて

誰(だれ)もが自分の星を持ってる
でも、人とはちがう星なんだ

花咲く星々

どこかの星に咲いている
一輪の花を好きになったら
夜空を見あげると
やさしい気持ちになるでしょう
どの星も花でいっぱいだと
想像しながら

天空の音楽

夜になると
ぼくは星の笑(わら)い声に耳をすます
五億(おく)もの小さな鈴(すず)が
鳴っているみたいだ

道しるべ

きっと、ぼくたちが迷ってしまっても
また帰れるように
星は光っているのかな
ぼくの星はあそこ……

真上にあるけど
なんて遠いんだろう！

人生

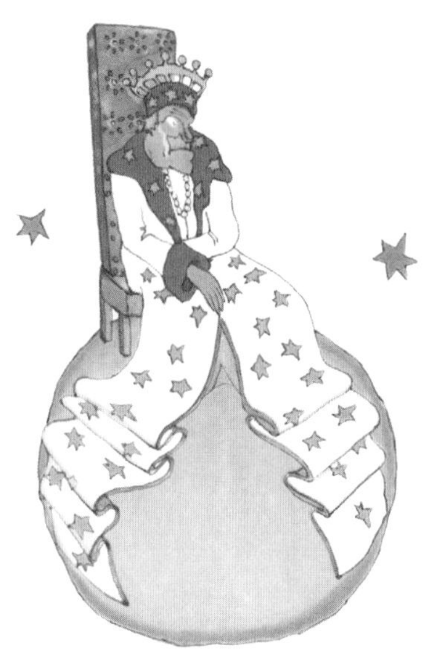

自分を知る

他人を裁(さば)くより
自分を裁くほうが
ずっとむずかしい
自分を客観的(きゃっかんてき)に
正しく裁けるのは
ほんとうにかしこい人だ

してくれたこと

ぼくには理解する力がまだ何もなかった！
相手のことばじゃなくて
何をしてくれたかが大事だったのに

人って大変

人がどこにいるのかは知らない
根っこがないと
風に吹かれちゃうでしょ
だから
根がなくて生きるのは
大変なの

友情

かけがえのない友だち

はじめて会ったときは
たくさんいるキツネのなかの一匹(びき)だった
でも、友だちになった今は
世界に一匹しかいないキツネだ

変わらぬ想(おも)い

王子さまの寝顔(ねがお)が
こんなにいとおしいのは
この子が一輪(いちりん)の花を
ずっと想(おも)っているからだ
眠(ねむ)っていても
この子のなかには
バラの面影(おもかげ)が
ランプの炎(ほのお)のように
いつまでも輝(かがや)いている

友情は買えない

おとなには理解するための時間がないから
すでに完成したものをお店で買っている
でも、友情を売ってる店はどこにもない
だから、おとなには友だちがつくれないんだ

なくてはならない存在(そんざい)

親しくなると、お互(たが)いが
星のような存在になる
ぼくにとってきみは
世界でたった一人の人
きみにとってぼくは
世界でたった一匹(ぴき)のキツネ